XIXE SIÈCLE

AUTREFOIS. — MAINTENANT.
ITALIE. — UNE NUIT A ROME. — NAPOLÉON III.

PAR JULES BAILLY

PARIS

E. DENTU, LIBRAIRE-ÉDITEUR

GALERIE D'ORLÉANS, 13, PALAIS-ROYAL.

1860

XIXE SIÈCLE

PARIS. — IMPRIMERIE DE L. TINTERLIN ET Cⁱᵉ

RUE NEUVE-DES-BONS-ENFANTS, 3.

XIXE SIÈCLE

AUTREFOIS. — MAINTENANT.
ITALIE. — UNE NUIT A ROME. — NAPOLÉON III.

PAR JULES BAILLY

PARIS

E. DENTU, LIBRAIRE-ÉDITEUR

GALERIE D'ORLÉANS, 13, PALAIS-ROYAL.

1860

J'avais dit : « plus de chants ! »

Et j'avais rejeté

Dans le fond de mon âme,

O grande Poésie au regard irrité,

Ta lumière et ta flamme.

Ce siècle, devenu plus calme à soixante ans,

M'avait tracé ma voie :

« Tu verras se lever le soleil du Printemps,

« Et tu verras la joie,

« Sous les joyeux rayons de la clarté des cieux,

« Éclater sur la terre,

Et la lune éclairer les bois silencieux,

« Pleins d'ombre et de mystère,

« Sans laisser s'échapper un seul cri de ton cœur ;

« Tu reverras Laurence,

« Tu reliras Musset, éloquent et moqueur,

« Dans ton indifférence.

« Si, dès qu'un peuple jette un cri de liberté,

« La France crie : aux armes !

« Tu ne laisseras pas de poëme agité

« Partir avec tes larmes.

« Si vers un avenir vaste et resplendissant

« L'aigle éveillé s'élance,

« Et si tu vois grandir, dans ce rayonnement,

« L'Empereur et la France,

« A l'heure où sur Paris qui chante et se distrait,

« La nuit étend ses voiles,

« Tu contiendras ton cœur, tu passeras muet

    « Sous les cieux pleins d'étoiles. »

Et j'avais tout promis !

                    Le tissu trop tendu

Tout à coup se déchire ;

Je revois ce beau ciel que je croyais perdu,

Et je reprends ma lyre !

I.

Le monde était rempli de puissance et de vie.

Les lions bondissaient près des bois frémissants,

Et, sans être suivis par les yeux de l'envie,

Les grands aigles planaient dans les cieux éclatants.

Les lointains horizons étaient pleins de lumières.

Les palmiers agités dans les airs s'élançaient ;

Les cerfs majestueux, sur le bord des eaux claires,

Inclinaient leurs rameaux et se désaltéraient.

Un calme solennel régnait sur les deux mondes.

Les océans naissaient de l'aurore au couchant,

Et les astres émus, dans le miroir des ondes,

Faisaient étinceler leur front resplendissant.

C'étaient la forêt vierge et la grande nature,

L'univers primitif, berceau des nations,

Et l'homme apparaissant sans pleurs et sans souillure,

Que le soleil couvrait de ses plus chauds rayons.

Combien vous étiez pur, émouvant et sincère,

Premier amour du monde au fond muet des bois !

Combien il était beau ce tableau de la terre

Avant l'ardent réveil des peuples et des rois !

II.

.... Des flancs de la société nouvelle est sorti le pouvoir régénéré qui vit de la même vie qu'elle et correspond à sa nature.

TROPLONG (*Discours au Sénat*).

.... Voici que des trésors de sa Providence les plus mystérieux, il va tirer un homme formé tout exprès pour exécuter ses conseils, un de ces hommes qu'il ne laisse voir que de loin en loin ici-bas, un de ces grands conducteurs de peuples qu'il tient en réserve pour des besoins suprêmes, et qui sont la ressource du monde le jour où il chancelle.

MONSEIGNEUR COEUR, *évêque de Troyes*.

Pendant que les lions sommeillaient dans leur antre,

Troupeau dans l'ignorance et pâture des grands,

O peuple, tu sortis de la terre où tout rentre,
Pour ramper misérable et pendant six mille ans.

Six mille ans! le voilà ce chemin du Calvaire
Où tu marchas tremblant en dévorant tes pleurs,
Où, sans voix en ce monde et loin de la lumière,
Tu jetas vainèment le cri de tes douleurs.

Mais les temps sont venus, et l'univers proclame
En te prenant la main, ta grandeur et tes droits.
Promène avec fierté ta première oriflamme,
Toi qui fus si longtemps bâillonné par les rois.

Eveillez tout à coup les mille échos du monde,
Voix du peuple affranchi, suffrage universel;
Que de tout cœur ému un seul cri vous réponde,
Partez retentissant des quatre vents du ciel!

III

> .... Lève en l'air ton épée, et frappe sur cette longue enclume de l'Apennin : c'est l'enclume où l'Autriche a forgé la chaîne de l'Italie sous les yeux de sept nations consentantes. Fais reluire la justice de Dieu à l'univers étonné, ô libérateur sublime, qui as été trouvé digne enfin du grand acte pour lequel tu étais destiné !
>
> .... C'est lui ! c'est lui ! Il est à cheval à la droite du roi. Ne l'assiégez pas trop dans l'enivrement de votre délivrance. Il est ému, vous le voyez, lui qui a tout fait. Et l'on dit pourtant que sa figure est froide et triste. Les lignes de cette bouche où siége la réso-lution tremblent enfin d'une émotion visi-ble. Criez-le donc bien bien haut : C'est lui qui a tout fait ! Vive l'Empereur !
>
> MISTRESS BROWNING (*Odes à Napoléon III*).

O terre des Césars, berceau de poésie,

Que de bonheur éclate aujourd'hui dans tes yeux !

En ce moment, pour toi, jeune vierge éblouie,

Le soleil des grands jours reparaît dans les cieux.

Vois comme il fait briller, sous sa lumière ardente,

La pierre où dort le Tasse, une lyre à la main ;

Couvre de tes lauriers le vieux tombeau du Dante,

En tombant à genoux sur le sol florentin.

Oh ! que te voilà belle, étincelante et forte !

On t'avait baffouée en te liant les mains ;

On vendait ta tunique et l'on te croyait morte,

Le char de l'étranger traversait tes chemins.

Mais tu t'es relevée aux accents de l'histoire,

Et comme l'Océan ta colère a monté ;

Aujourd'hui triomphante et debout dans ta gloire,

Tu peux, à pleine voix, chanter ta liberté.

IV.

.... Ce n'est donc pas de sa petite principauté qu'il tire son indépendance ; au contraire, sa principauté est le point par lequel il est cloué à la terre. La religion enfin aspirant de nos jours de plus en plus à se renfermer dans les âmes, le fatal attachement à la terre, qu'implique le nouveau système ultramontain, deviendra très-antipathique aux personnes vraiment religieuses.

E. RENAN (*Revue des Deux-Mondes*

Des vapeurs du couchant l'atmosphère était pleine.

Les grands palais déserts étaient silencieux.

Tout à coup, éclairant la campagne romaine,

Le soleil de la nuit se leva dans les cieux,

Glissant, pâle et terrible, au-dessous des nuages.

Les étoiles tremblaient dans les cieux effrayants.

On entendait au loin le bruit sourd des orages.

L'air était plein de flamme et de frémissements.

Entouré de rayons et couronné d'épines,

Il descendit du ciel le regard irrité,

Et vint se promener, seul sur les sept collines,

Tout rempli de sa gloire et de sa majesté.

Ce n'était pas ce Dieu que l'univers contemple

Si calme avec saint Jean dans les flots du Jourdain ;

C'était le Dieu vengeur, comme au jour où du temple

Il chassa les marchands une verge à la main.

En jetant ses regards sur ce tombeau de Rome,

Sur tout ce vieil empire abattu par le temps,

Ainsi, dans cette nuit, parla le fils de l'homme :

« Séjour des empereurs, ô palais éclatants,

« Monuments des Césars, portail du Colysée,

« Je vous voyais de loin, le jour où je suis né,

« Et lorsque l'Évangile, ainsi qu'une rosée,

« Tomba des mains de Dieu sur le monde étonné ;

« Je vous apercevais quand saint Paul et saint Pierre,

« Remplis du feu sacré qui brillait dans leurs yeux,

« Annonçaient en mon nom ma doctrine à la terre

« Et renversaient du pied les autels des faux dieux.

« Leur royaume et le mien n'étaient pas de ce monde,

« Et je leur avais dit, avec la voix du cœur :

« Si vous ne voulez pas que mon tonnerre gronde,

« Souvenez-vous toujours du berceau du Sauveur.

« Allumez ici-bas toutes les grandes flammes,

« L'espérance et la foi, l'amour, la charité ;

« Sous l'œil du Dieu vivant soyez les rois des âmes,

« Le pied sur les tombeaux montrez l'Éternité. »

Rome se remplissait de voix et de lumière.

Le Christ jeta sur elle un éclair de ses yeux,

Et ce pasteur du peuple, et ce roi du Calvaire,

Dans un nuage d'or remonta vers les cieux.

V.

Quand l'Empereur est monté sur le trône, il s'est proposé deux choses : la première c'était de rendre à notre politique l'autorité qu'elle avait perdue moins par la faute des régimes antérieurs que par l'effet des circonstances qui avaient faussé les conditions de l'équilibre du monde ; la seconde, non moins importante, c'était d'organiser un pouvoir assez fort pour absorber toutes les divisions, pour développer tous les progrès raisonnables, et pour séparer, dans le travail si fécond et si tourmenté de notre siècle, les principes vrais des idées fausses, les instincts généreux du peuple des utopies malfaisantes et des passions anarchiques, le droit qui fonde les sociétés et qui les affermit, de la révolution qui les détruit.

A. DE LA GUÉRONNIÈRE
(*Disc. au conseil-général de la H.-Vienne*).

O vous qui comprenez la grandeur plébéienne,

Empereur d'un grand peuple en des temps orageux,

Vous l'avez dit, des bords de la mer africaine,

Le pouvoir souverain se doit aux malheureux.

Le tonnerre étincelle et gronde sur nos têtes.

Tout le passé s'écroule et descend au tombeau.

De ce siècle agité par la voix des tempêtes,

Vous avez pris le glaive et saisi le flambeau !

FIN.

PARIS. — IMPRIMERIE DE L. TINTERLIN ET C$^\bullet$

RUE NEUVE-DES-BONS-ENFANTS, 3.